청어詩人選 170

이제는 편지를 써야지

김수화 시집

도서출판
청어

서시

내 말은 아직 끝나지 않았다.
세상에 태어나 걸음마도 전에 배웠던 말
어, 엄마
잊지 않고 있기에

내 사랑은 아직 끝나지 않았다.
여전히 몇 동이는 퍼낼 옹달샘이
가슴 어디에선가
설레일 때마다 출렁이기에

오고 가는 계절을 절반은 나이로 먹고
또 절반은 추억으로 먹었으니
내 그리움은 아직도 끝나지 않았다

나의 말과 사랑과 그리움으로 아직은
읊어야할 시가 있기에
차마 뿌리치고 돌아 설 수 없는
어깨동무들이 인정들이 있기에
나는 아직 끝나지 않았다

차례

1부

나목(裸木)이여

나목(裸木)이여

나목이여
네가 꽃샘추위 속에서 여린 싹을 틔울 때에
나는 어머니의 산고 속에서 세상에 나왔고
네가 오색 황홀한 꽃을 피울 때에
내게도 한 시절 피어나던 청춘이 있었다
무성한 너의 잎들은 바람과 새들의 고향
내 잎은 숱한 사연의 빛과 그늘
네가 탐스런 열매를 맺을 때에
나 벌레 먹은 열매는 되지 않았다만

나목이여
훌훌 털어버리고 동안거冬安居에 들어간
뼈마디 툭툭 불거진 너의 빈 가지에
비로소 푸른 하늘이 열려
반야심경 청아한 독경소리 들리는 듯도 한데

세상사 오욕칠정이 한 줌 바람인 것을
무슨 미련이 그리 남아
긴 겨울밤을 나는 앓는다

장미 앞에서

나는 무엇을 기대했던가
저 눈부신 5월의 장미 앞에서
어느 날 꽃잎은 바람에 덧없이 지고
아픈 가시만 남긴 채 돌아 섰느니

신기루는 사막에만 있는 게
아니라는 걸
기대와 실망은 비례한다는 걸
나는 알았느니

터벅터벅 세월의 길 위에서
오늘 내가 누구와 만난다는 건
한 송이 장미와 마주하는 거다

간절히 마음은 두 손 모으나니
가시에 상처받지 않기를
꽃 한 송이 가슴에 담아오기를

어버이 날

날 낳아 주신 아버님 어머님은
금상동 성당 납골당에 계시고
내가 낳은 아들, 딸은 서울에서 살고
오늘은 어버이 날
아침 절 시내버스 타고가 부모님
찾아뵙고 왔더니
서울 아이들 전화로
찾아뵙지 못해서 죄송합니다
괜찮다, 전주 서울이 어디 보통거리냐
오늘은 어버이 날
호수에 잠긴 고운 미소
밤 하늘 별처럼
카네이션
내 마음에 담겨
조용히 저무는 날

등대

아직은 산이 날 부르고 있어
산에를 갑니다
아직은 그리운 이름들이 남아 있어
밤이면 별들을 바라봅니다
아직은 어여쁜 꽃을 보면 마음 설레이고
흘러간 노래도 한 두 소절 흥얼거려
봅니다
이 암울한 세상에서 무너질 듯 무너질 듯
용케도 무너지지 않고 예까지 걸어왔고
걸어가는 군상들
아직은 아직은
내 안의 등대
꺼지지 않는 우리들의 등대

바람 부는 거리

고맙다 국밥 한 그릇 해라 개의치 말라

그 거리에 홀로 살던 최모씨(60)가
스스로 목숨을 끊으며 10만원 봉투와 함께
남긴 한 줄 유서다
자신의 시신을 거두어 줄 누군가에게
국밥 한 그릇이라도 대접하고 싶었던
가슴 따스했을 남자

메아리조차 없는 생존의 절규는
막다른 골목에서 끝내
한 줌
고독한 주검이 되었다

걸었으리라 바람 부는 거리
옷깃을 헤집고 파고드는
가눌 길 없는 차가운 응어리들
따뜻한 밥 한 그릇의 사랑을 꿈꾸며
밤하늘 별들도 숱하게 보았으리라

오늘도 거리에는 바람이 불고
돌아서면 항상
눈에 선하니 밟혀오는 사람들이 있다

회한

처음도 끝도 없는 새벽 꿈결
흑백 화면 속에 스치듯 머물다 가신
어머님 얼굴
작은 미소도 없으셨다
반가와 하시지도 않으셨다
무엇이 맺혀있어 하나뿐인 자식 만나고도
그리 처연한 표정 이시었는지
창밖은 부옇게 밝았는데
가슴은 칼날에 베인 듯하다

너도 나중에 자식새끼 키워보면 알게다
어머님 생전 많이 들었던 말이었다
말씀마다 당신 가슴에 하나씩
맺힌 매듭 있었을 터인데
그것도 모르고 그런 줄도 모르고

어머님
올 봄도 어머님 생전 좋아하시던
목련꽃 하얗게 피었습니다
어머님 뵈온 듯 한 봄 두 봄 세 봄

지나다 보면 이 불효자식도 목련처럼 지고
만나뵈오리다
맺히고 맺힌 매듭들 풀어드리오리다

그리움 – 그 인간적인

요지음 들어 하늘의 구름을 바라보는
시간이 많아졌다
속절없이 저물어가는 나이 탓이려니
그곳에는
아직도 곰삭지 않고 남아 있는
저리고 안타까운 그리움이 있다
얼굴 얼굴들이 있다
오늘도
느릿느릿 산등성이 넘어가고 있는
한조각 구름 위에
절절한 사연 하나 띄워 보낸다.

그리움–그 인간적인
푸른 멍울들 위에
물파스처럼 번지는 카타르시스여

책장 하나 들여놓던 날

삼단짜리 삼나무 원목 책장 하나
새로이 들여 놓았네
희뿌연 살결 여기저기 옹이들이
화석처럼 박혔네.
한세상 우리네 가슴에도 몇 개 박혔을
모진 응어리같았네
쭉쭉 뻗어 하늘을 우러렀을 푸른 생명들이
댕강댕강 잘려나간 상처의 흔적들이네
벌목꾼들의 무자비한 전기톱에
육신은 난도질당하고
잊지 않겠다고 꼭꼭 틀어박혔네
검은 눈 부릅뜨고 있네
나는 속죄하는 마음으로 한 칸 한 칸
책들을 채워나갔네
아름다운 시인님들이 보내준 아름다운
시집들로 꽉꽉 채웠네
하늘과 바람과 구름이 있고 꽃피고
새들이 울고 사슴 뛰노는 에덴동산이네
옹이야 옹이야 먹어라 詩를 먹어라
돋아나겠네 피어나겠네

바래봉 철쭉꽃

운봉 뒷산 바래봉에 철쭉꽃이 피었다는
소식이 들려올 적마다 내 가슴은 먹먹해지고
끝내는 저려오는 거였다

가난은 죄가 아니라 했지만 죄인처럼
고향을 떠나온 어린 가슴에 옹이가 박혀
전주. 남원운봉 백팔십리가 그리도 아득하였던가

철철이 바래봉 철쭉 소식만 듣다가
머리 흐옇게 세어버린 오늘서야 낯설게
관광차타고 구경 왔다

바래봉은 가난하지 않았다. 산도 사람들도
풍성했다. 화사하게 흐드러진 철쭉꽃은
근심걱정 하나 없어보였다

바래봉 중턱에서 내려다본 아랫동네 저기쯤
그 옛날 주소로는 운봉면 서천리 55번지
야위고 남루한 엄마철쭉꽃 아빠철쭉꽃이
"수화야."

손 흔들고 있는 듯도 싶어 가슴은 또
아려오는 거였다

연륜이란

눈 오는 날
하얀 발자국 남기며 조심조심 걷다가
돌아다보면
하얗게 지워지고 없는 발자국

그렇게 걸어서 왔다
사철 눈이야 내릴까마는
가는 길이 눈길이듯
발자국 찍으며 왔다

늙어가는 나이에 한 살 또 한 살
되돌아가기에는 너무
멀리 와버린 오늘에서야

연륜年輪
그렇다
지워진 내 발자국들의 아련한 자취
나이테가 보이기 시작했다

바람의 엽서

창밖에 꽃잎 하나 날리거든
내가 부친 엽서인 줄 아오
지는 꽃잎은 아프다오
이심전심 아니오?

창밖에 빗물 흐르거든
내 차마
달리 무슨 말을 쓰겠소
그건 그냥 빗물이라고 읽어주오.
어느 세월인들 그리 흐르지 않겠소.

창밖에 나뭇잎 하나 날리거든
읽어주오.
우리 이심전심 아니오?
저 나뭇잎이 남기고 간 빈자리에
그리움은 또 얼마나
긴 겨울 하얗게 쌓여가겠소.

가슴이여

지나가는 바람결에
나뭇잎도 잠이 깨어 뒤척이는 밤
해묵은 천식이 도진 가슴이
아프다
걸어온 나날들
아픈 가슴이야 어디 천식뿐이었으리
그 곳에서는 지는 꽃잎 하나도
아플 때가 있다
밤이 새면 또 보듬고 가야할 길
걸음 걸음
어찌 마른 땅만 밟고 갈 수 있으랴
가슴이여

분노의 시간은 길지 않다

이삿짐을 가득 실은 차는 떠나고
그 자리에 웬 화분하나 덜렁 남겨졌다
이름도 알 수 없는 관상초가 시들어
축 늘어진 사기화분 하나.
해는 기우는데 화분은 아직도
완강하게 버티고 서있다
버림받은 자의 분노의 침묵 같은.
어쩌면 내 한 생애에서 몇 번쯤은
닮아있었을 저 아픈 모습

밤이여, 고독한 자들의 고향이여
어둠이 분노를 어루만져 주리라
별 하나가 슬픔을 씻어 주리라.
지나가는 바람이 설레이게 하리라
판도라의 상자에 마지막 남은
희망을 이야기해 주리라

나는 밤새 꿈을 꾼다.
어느 따뜻한 손길이 있어
화분하나 가슴에 안고 들어오는 꿈을

모두가 꽃이다

44년 전 여고생 시절
김천역에서 550원짜리 열차 정기권을
훔쳤던 60대 여성
오랫동안 양심에서 지워지지 않아
오늘에서야 천배로 갚겠다며 55만원을
들고 구미역을 찾았다는 신문 기사에서
'인간 양심의 원형'을 보았다

시내버스에 올랐다
엄마 품에 포옥 안긴 젖먹이 하나가
까만 눈망울로 날 올려다본다
저 눈망울 속에 순백의 우주가 담겼다
내가 싱긋했더니 배시시 입이 열린다
싱긋싱긋 배시시배시시 이대로 오래
오래 달리고 싶다

도서관 열람실
내 앞서 문을 열던 젊은이가 문을 잡고
내가 들어오길 기다려준다
한 순간의 배려가 왜 이리 가슴 뭉클하냐

귀갓길
길게 뻗은 아파트 투시담 위로
빨간 장미꽃
아름답고 소소한 일상의 편린들이
저곳에서 흐드러졌다

그 시절 엊그제 같은데

그 골목 뒤 네 집 감나무에는
농익은 홍시들이 해를 넘기고 있네
눈발이 스치는 한 해의 끝자락
주저리주저리 붉은 홍시들이라니
난생 처음 보는 광경이네
아름다운지고 아름다운지고

간 밤 TV뉴스에서는 어느 감 생산지 농부가
따놓은 대봉시를 트랙터로 갈아 뭉개고 있었네
과잉 생산으로 인건비도 못 건진다며

나 자라던 시절에는 못 먹어
누렇게 부황난 사람들이 죽어갔지
도시 시골 할 것 없이 매일 매일 있었지
그 시절이 바로 엊그제 같은데
과잉생산이라고 가격 폭락이라고 저 피 같은
먹거리를 갈아 엎어버리는 세상이 되었네

오늘은 뉘네 집 감나무 아래에서 내 마음
편치가 않네

부황나서 죽은 사람들이 눈에 밟혀 와서는…
아름다운지고 아름다운지고
죄 받을 말인 것 같아서 말이네

만추

양지 바른 담벼락 곁에
낡은 의자 하나 앉혀 놓고
그 위에 불면 날아갈 것 같은 허연 세월이
있는 대로 하품을 한다
옷소매에서 손수건 꺼내어
찌적찌적한 눈 꾹꾹 찍는다
수줍던 새색시 은가락지 고운 손으로
살포시 가릴 줄도 알았던 시절이 있었으련만
세월은 저리도 무심한 것인지
몸도 마음도 체념으로 풀어 제치는 것일까
야속한 서리바람에 고왔던 나뭇잎들
어지러이 뒹구는 이 늦가을에
울컥
저 아스라한 허공의 낮달은
왜 또 저리 차가운가

여생

그는 오늘도 그곳에 앉아 있다
허름한 골목길 다가구 주택 앞
어느 포구의 갯벌에 오래전
기울어진 폐선처럼
한 자락 햇볕을 깔고는 비스듬히
주저앉아 있다
세월은 그의 얼굴에
잔물결 큰 물결 거센 폭풍우까지
모질게 새겨 놓았다
아직도 삭이지 못한 지난날들을
반추라도 하고 있는 것일까
오는 사람 가는 사람 바라보는
그의 눈자위는
항상 젖어 있다. 그래서
바람 부는 날에도
그 허름한 골목길은 숙연하다

대물림

밥은 먹었냐?
먼 객지에서 듣던 부모님의 이 한마디.
그만 말문이 막혀 전화통 수화기만 붙들고
눈물 쏟았던 그 시절이 있었다

서러웠던 그 한 마디가 내 안에
오롯이 메아리로 남았음인지

밥은 먹었냐?
오늘은 내가 멀리 떨어져 사는 아들과
전화 통화에서 맨 먼저 올려놓는 말이다

제 아무리 중한 것도 이 말의 무게에
이를 수는 없을 것이니

흘러 흘러도 대물림 될
사랑의 울림
밥은 먹었냐?

그런 사람

살아가노라면
가끔씩 그런 사람을 만난다
초면이면서도 스스럼없이
묻어둔 사연 하나 털어놓고 싶어지는 사람
또르르 굴러오는 말 한 마디마디가
짙은 밤 초롱초롱 별이 될 것 같은 사람
곁에 있으면 내 안방처럼 마음
아늑해지는 사람
훌쩍 떠나면 오래오래 서운해질 것 같은 사람
가끔씩
참으로 가끔씩 그런 사람을 만난다.
가을에 만나면 괜히 서러워 질 것 같은
동심이 묻어나는 미소를 가진 사람
한 폭의 수채화 같은 사람

오늘도 가는 길
그런 사람 만날 수 있어 아직은 갈만한 길

2부

이제는 편지를 써야지

이제는 편지를 써야지

그 날들
전쟁과 가난이 모질게 동심을 할퀴던 날들
너무 일찍 고독을 배워버린 내 사춘기의
음울했던 날들
어설픈 객기였을지라도
허허벌판의 칼바람 앞에서 내일을
포효하던 날들과
니체를 읽고 쇼팽을 들으며 감미로운
차 한 잔의 사색으로 나를 포장하던
설익은 인테리겐챠의 날들

어느 세월에 잊힐까
질기고도 질긴
살며시 뒤돌아보면 아시므레한 그 날들

더러는 새김질도 하며
움켜쥔 것들일랑 하나 둘 내려놓아야지
그리고
이제는 편지를 써야지
그 사람들
내 곁에서 저만치 비켜서 있던 사람들

아내의 거울

사람아
얼굴에 연지 바르고 곤지 찍으며 세월을
지우고 있는
거울 앞에 선 사람아

우리들의 고왔던 시절은
가을 소나기 그친 하늘에
무지개였네

거울 속에다 영산홍 붉은 꽃잎
그리고 있는
사랑하는 사람아

눈물도 한 시절이어서
흘러가버린 줄 알았더니
뒷모습이
삶의 무게에 짓눌린 저 굴곡진 흔적들이
내 눈시울 뜨거워지네

이제야 철이 든거지요

한 번은 가야할 길이라고
상가喪家에 다녀오실 때마다
부모님 하시던 그 말씀
어려서는 무슨 뜻인지 몰랐지요

젊어서는 그 말씀
나와는 상관없는 것처럼 들렸지요

부모님 차례 차례로
한 번은 가야한다는 그 길 따라 가셨을 때는
나에게 그 길은 멀게만 느껴졌지요

어느 날부터인가
오금쟁이에 찬바람 시도 때도 없이 일고
신문 기사 읽다가도 기막힌 사연에 울컥 울컥
생각느니 앙금처럼 남은 지난 일들
가슴애피처럼 아려오고

아하, 달리는 세월의 열차
그때쯤에서야 차창 밖을 바라보았지요

휙휙 쏜살같이 지나가는 저 풍광들
내가 내려야할 종착역을 향해
한 번은 가야하는 그 길을 따라
참으로 인간적인 인간적으로 이제야 철이 든거지요
하루하루 담담하게 차창 밖을 바라봅니다

하늘을 우러러 보았지

내 안에 한 점
부끄러움이었을 때 마다
하늘을 우러러 보았지
와글와글거리는 사람살이 어이
부끄러움 한 점 없이 살아가겠는가
우러러 보았지
물 한 모금도 돈 내고 마시는
각박한 세상에
맘 놓고 내 마음 띄워 보낼 수 있는 그곳
한 번이 두 번 되고 두 번이 세 번 되고
어느 날부터인가 하늘이
말을 하더군
길을 열더군
요즈음 내 눈에는 여리디 여린
새 순이 돋아나는 것 같애

참으로 어렵구나

백지 위에다 까만 선하나 그어본다
선은 단호하다.
하나의 백지가 둘로 나뉘어지는 순간

참으로 쉽구나
선하나 긋는 일이

그렇게 살아왔다
죽죽 선을 그으면서
내 앞에다
네 앞에다

불통의 선
증오의 선
교만의 선…
세월의 지우개로도 지워지지 않는

참으로 어렵구나
선하나 지우는 일이

그리움에 대한 小考

가는구나 꽃잎 같은 한 시절
누구나 가는 길이라지만 매정하다
그래도 뒤돌아보면
나에게도 무지개 같은 그리운 추억
철없던 나이에 철없는 아이들을 가르치던
하얀 등대가 서 있던 그 마을
헤매던 사막에서 오아시스를 만난 듯
갓 스물 그 나이로 달려간다
나이 들면 그리움을 먹고 산다는데

배고프던 1965년 전방 일등병 시절
훈련 마치고 돌아온 허기진 내 밥그릇에
말없이 밥 한 숟갈 덜어주던 그 고참 병장
지금도 내 가슴엔 그 밥 한 숟갈
뜨겁게 뜨겁게 남아 있다

얼마나 아름다우냐.
떠나고 난 빈 자리에 그리움을
남길 줄 아는 사람은

별

두터운 내 겨울 이불을 들추고
작은 아이 하나가 기어들었다
모로 누운 아이와 얼굴을 마주하니
희미한 내 어릴적 사진을 보고 있는 것 같다

설 쇠면 몇살?
여덟살. 할아버지는요?
나도 여덟살.
거짓말.
할아버지는 현민이가 되고 싶은 거야.
왜 내가 되고 싶은데요?
아주 예쁜 그림을 그릴 수 있으니까.
나 그림 못 그리는데
아이는 한동안 생각에 잠기다가는 잠이 들었다.

비 그친 뒤 나무 흔들면 후두둑 후두둑 떨어지는
빗방울이 좋아 소년은 만나는 나무마다 흔들어보곤
했었지. 어느 날 밤 별을 바라보던 소년은 앞마당
감나무를 마구 흔들어 댔었지.
별 하나 따고 싶었던 내 일곱 살의 추억
그 환상의 별 하나가 떨어져 이 밤
쌔근쌔근 내 곁에서 잠들었다

오늘 하루

아침 차 한 잔의 시간
하늘도 한 번쯤 바라볼 일이다
안녕하지 못했던 세월들 얼굴들
오늘은 안녕들 한지
마음 한 조각 띄워볼 일이다

팍팍한 길 잠깐 쉬어갈 때
흙 묻은 신발도 한번쯤 바라볼 일이다
안녕한지
내 체중을 싣고 숱하게 오르내리다
상처투성이가 된.
나로 하여 안녕하지 못했던 존재들을
곱새겨 볼 일이다

이제는 잠자리에 들 시간
가슴에 손 한 번 얹어볼 일이다
손끝에 잡히는 심장박동의 텔레파시
그래
안녕을 위해 나 오늘
비굴하지 않았음으로
고운 미소로 꿈도 꾸어볼 일이다

그 하늘을 보라

그 옛적 정화수 한 그릇 떠 놓고
하늘을 향해 간절히 두 손을 모으시던
우리들의 어머니
그 분들의 하늘은 해원解冤과 기복祈福의 신앙이었다

죽는 날까지 하늘을 우러러 한 점 부끄럼 없기를*

자신의 고결한 삶을 위한 시인 윤동주의 비장한 약속
하늘과의 약속은 예나 지금이나 그 누구도 거스를
수 없는 절대적이고 신성한 것으로 받아 들여 졌다

'천벌'
그 시절 천형(天刑)은 사형보다도 더 두려운
저주의 뜻으로 다가와 인간의 원죄를 일깨우고
추스르게하는 공포의 존재이기도 했다

그 옛적 그 시절의 하늘을 머리에 이고도
머리 위에 하늘이 있음을 까마득히 잊고 사는
오늘 2018년도 저물어가는 우리들

보라
저 깎아지른 암벽에 뿌리를 박고 하늘을 향해
용트림하는 나무의 몸짓을

* 윤동주의 序詩 1 · 2행

사랑

나는 사랑한다.
나의 저 깊고 어두운 골짜기
차가운 고독을
도달할 수 없는 순수
그 순수를 향한 열정과 고뇌를
아직도 부스러지지 않고 남아 있는
추억의 잔영들을
나는 사랑한다
식탁에 놓인 밥 한 그릇의 무게를
영광의 월계관을 쓰고 있는 자의
도도하지 않은 겸손을
나는 사랑한다
사랑을
모양도 냄새도 색깔도 없는
등식도 확률도 법칙도 없는
내 마음 나도 몰라
그 맹목과 불가사의를

알겠더라

봄 여름 가을 겨울
일 년 사 시절을 일흔 하고도 다섯 번이나
지내고 나서야 알겠더라
겨우 알겠더라
사람을

봄철을 닮은 사람
여름. 가을. 겨울철을 닮은 사람

철철철
어느 한 철도 비켜갈 수 없는
우리들의 숙명
이제야 철이 들겠더라
겨우 알겠더라

나는 무엇으로 사는가

나는 아직도 네 이름을 모른다
오솔길이나 두렁길 걷다가 눈 마주치면
마냥 반가운 작고 노란 들꽃
이른 봄 한 철 바람 불면 잡초사이에서
보일 듯 말듯 얼굴 내밀다 지고 마는
네 이름을 백발이 된 이 나이에도 모른다

나 예전 시골 작은 학교에서 근무하던 시절
퇴근하면 동료들과 들러 한 잔 하던 주막집
술 한 잔 따라 주던 여인의 이름은 그냥 주모였다
된장 뚝배기처럼 투박하면서도 흥이 나면
해학과 패설이 있었고 젓가락 장단에 맞추어
'목포의 눈물'도 곧장 불렀던 이름 모를
그 선술집 주모의 얼굴도 희미해지는 한 시절이
때로 그리움으로 남는다

나는 무엇으로 사는가
내 삶의 한 축을 이루었던
내 곁을 스쳐가는 이름 모를 저 들꽃 같은
사람들

그들은 껍데기가 아니었다
내 혼을 울구어 내는
그리움이었고 고독이었고 시였다

아이들만 보면

나는 아이들만 보면 기분이 좋다
조였던 긴장의 끈이 풀리고
실실
누가 보면 실성한 사람인양
웃음도 풀린다

재잘재잘
원시의 진화하지 않은 언어들과
촐랑촐랑
서툰 몸짓으로
순백의 우주를 만들고 있는

저 아이들만 보면 나는
가슴에 새싹이 돋고
꽃이 피고
어머니의 얼굴이 떠오르고

아이들아
나에게 무슨 마법을 걸었느냐
이렇게 자꾸만 바보처럼 웃는다
너희들만 보면

친우의 영정 앞에서

편히 가시게
정들었던 친우의 영정 앞에서
국화 한 송이 올리며 한 말은 그뿐

오늘의 슬픔도
언제인가는 한 조각 추억마저도
가물가물 떠돌다 흩어지는 구름

편히 가시게
나는 또 들어가려네
저 깊고 차갑고 아늑한 내 안의 동굴

친우여
그곳에서 바삭바삭 마를 때까지
생각해 보려네

인간의 한 세상
빈손으로 왔다가 빈손으로 돌아가는
외톨이

노년의 추억

사람은 늙어가면서
추억을 먹고 산다 하지만
이제는
작은 찻잔 속에 잠시
머물다 갈뿐이다
한 폭의 수채화였던
우리들의 옛 이야기는
쇠잔해지는 몸만큼이나 야위고
들끓던 격정도 감흥도
냉랭하게 식어가는
어쩌면
지친 밤 열차의 차창 밖으로
얼핏 스치던
희미한 조각달이다

落花

낙화암 삼천궁녀들인가
백마관광 쌩쌩 달리는 차창에
몸 던지네
저건 당나라 군사들이 아니라고
저건 바람이라고
소리소리 질러도
치마폭에 얼굴 묻고 떨어지는
저 一片丹心

영혼은 무엇을 먹고 사는가

얼핏 보았는데
꿈이었구나
오래된 책갈피에 끼워진
꽃잎 같은

창밖엔 아직 어둠이 깊고
바람이 길을 지나고 있다
날이 새면 바람은 나뭇잎에서 머물고

또 나는 어디론가 떠나야한다
안고 떠나야한다
버릴 수도 지울 수도 없는
낡은 추억들의
그 희미한 그리움과 연민

내 영혼은 무엇을 먹고 사는가

날이 새면 나는
저 햇빛 부신 길로 나서야한다

청도라지꽃

도라지도라지 뻐꾹새 우는 산골짝에
산도라지

푸르러푸르러 푸른빛이 서러워
이슬 젖은 청도라지꽃

어느 뉘의 가련한 영혼인가
보고 싶어도 불러보고 싶어도 부질없어라

도라지도라지 뻐꾹새 우는 산골짝에 청도라지
세월 지난 피멍울로 내 가슴에 피었네

매미

여기저기에서 매미들의 우는 소리 들린다
매미의 우는 소리에는 가을이 묻었다
옥수수 영그는 소리 들린다
방송에서는 연일 폭염 경보를 알리지만
매미 소리 듣고 있노라면 마음은
서늘한 평온을 느낀다
숲에라도 한 번 들어가 보라
저 매미들의 장엄한 코러스
나무들이 숨죽이며 듣고 있다
지상에서 3주간을 생존하기 위해
지하에서 애벌레로 6년을 기다린다는 매미
저 장엄한 합창은 그래서 노래가 아니다
짧은 생애를 치열하게 살아가는 몸짓이다
설핏 아침저녁으로 찬바람 일면
매미 소리는 애잔해지고 나뭇잎은
물들기 시작한다
이승에서 인간 생명 길어야 백년
영겁의 시간 속에서 찰나에 불과한 내 생애는
지금 어떤 몸짓일까

3부

자유

자유

어느 누가 버렸나
밑창이 닳아버린 쓰레기장의 구두 한 짝
비스듬히 누운 채 가을비에 젖고 있다

한 인간의 무게를 짊어지고
숱한 우여곡절의 길을 헤쳐 왔을
이제는 상처뿐인 너의 족적足跡

이곳에 너를 용도 폐기시킨
한 인간의 처사가 모질다마는
버림받음으로써 구원 받을 수 있는
네 운명의 역설

오늘에서야 벗어버린 멍에
냄새나는 쓰레기장이면 어떠하냐
비에 젖은들 별거냐
참으로 너는 자유다
춤추어라
자유는 쓰레기더미에서도 꽃을 피운다

올가미

TV화면에는 올가미에 걸려 발버둥치다
죽은 산짐승 한 마리가 클로즈업 되고
이어서 한 사내가 잠복근무중인
밀렵단속반에 의해 끌려내려 온다
그의 소형 트럭에서는 덫과 올가미들이
쏟아져 나온다
짐승은 인간이 놓은 올가미에 걸려 죽고
인간은 인간이 놓은 올가미에 끌려가고

올가미
인간을 옭아매려는 보이지 않는 올무
돌이켜보면
인생이란 숱한 올가미와의 전쟁이다
발 내딛는 곳마다 깔려 있는 올가미들이
호시탐탐 인간을 노리고 있다

양심의 올가미에 불면의 밤을 지새우며
참회록을 쓰고 있는 사람들
법의 올가미에 걸려 허우적거리다 끝내
인간실격의 나락으로 떨어지는 사람들

오늘도 조심조심 내딛는 발길
꽃가마는 없다

나이 들어 슬픈 이유

내 늙어가며 채신없이
눈물 헤퍼지는 것은
눈도 귀도 어두워지고
방금 일도 돌아서면 깜박깜박
중증 건망증 때문만은 아니다
다리 허리 시도 때도 없이 아리고
간간이 날아오는 동창 녀석들
부고 때문만은 아니다
칠순을 훌쩍 넘긴 지금
삶과 죽음은 초연한데

내가 참으로 슬퍼지는 것은
새록새록 생각나는
그때 그랬더라면

용서 받지 못하고 지나온 날들이
자고 나면 하나씩
눈물샘에 고이기 때문이다

사람이 그리우면

신사복에 나비넥타이가 낯설어 보이는 곳
대대로 우리들 몸속에서 곰삭고 있는
그 친숙한 토종의 냄새와
그 옛날 비사벌의 물과 흙으로 빚은
질그릇을 닮은 얼굴 얼굴들이
정다운 이웃사촌 같은 이곳
목청을 돋운 생존의 외침들이
끊임없이 역동의 팡파르를 올리고
얼었던 실개천이 봄볕에 풀리듯이
실실 미소 흘리고 다니는 사람들
에누리 없는 장사가 없고
말만 잘하면 우수리도 곱빼기로 얹혀 주는
없는 것만 빼놓고는 다 있다는 곳
여기도 기웃 저기도 기웃
설설 끓는 순댓국에 탁주 일 배 기웃하다 보면
질펀한 인정들이 해 지는 줄 모르는 이곳
모래내 시장*에 와보시라

사람이 그리우면

*모래내 시장 : 전주시 덕진구 북동부에 위치한 재래시장

나는 오늘 '슈퍼맨'이다

잡아라, 아들아. 이 에미의 손을 잡아라.
잡아요, 여보. 내 손을 잡아요.
잡아요, 아빠. 저희 손을 잡아요.

들려온다. 깊고 어두운 곳에서 눈을 뜬다
하루에도 몇 번씩
무너지려할 때, 추락하려할 때
누구인가 내민 손을 본다

사람과 사람이 불꽃 튀기는 곳에서
내 양심과 이성이 혼돈에 빠지려할 때
내미는 손의 소리를 기도처럼 듣는다
나는 그 손을 꽉 붙잡는다

손 하나와 손 하나가
무너지려는, 추락하려는
소행성 하나를 떠받치고 있는
나는 오늘 '슈퍼맨'이다

시계

불을 끄고 자리에 누우면
머리맡에서 알람시계
재깍 재깍 재깍
시간이 흘러가는 소리다

낮이면 벽에 걸린 뻐꾸기시계
뻐꾹 뻐꾹 뻐꾹
흘러가는 시간이다

태초
하늘이 처음 열리던 순간부터
재깍재깍 뻐꾹뻐꾹

시간에 떠밀려 허우적대다
문득 들여다본 손목시계
生의 한 물결을
두 팔 벌려 가리키고 있는
이정표다

돈

잘 봐달라고
일억원을 쇼핑백에 담아
아무개라는 전직 부총리에게 건넸다는
어느 국정원 간부의 증언
큼지막한 감투 하나 쓰게 해달라고
몇 십 억원인가
전직 대통령 아무개에게 건넸다는 어느
사업가의 비망록

돈이면 영혼까지도 팔 수 있는 자들
거짓말 탐지기도 거뜬히 통과할 수
있는 자들

이 나라 만백성 자자손손이 우러러
본 받아야할 얼의 표상
저승에서 편히 쉬고 계셔야할
신사임당께서 세종대왕께서 자나 깨나
눈물 흘리시누나
어쩌자고 이승으로 불려나와
우리들만 보면 귀 먹고 눈 멀어버리는가

어린 백성들아
가여워라 가여워라

추억은 과거가 아니다

걸어보라
오늘처럼 촐촐히 비라도 내리는 날이면
큼직한 우산 하나 파묻히듯 받쳐 들고
한적한 공원 산책로나
인적 뜸한 주택가 골목에라도 한 번
걸어보라
길은 길로 이어져 시간 가는 줄 모르고
머릿속엔 까마득했던 사연들이
하나 둘 자리를 잡는다
이제는 잊혀 졌을 법한 이런 저런
사연들이 꼬리를 물고 이어진다
때로는 가슴 울컥한
때로는 얼굴 화끈거리는
박제가 되지 못하고 되살아나는 추억은
과거가 아니다
떠내도 다시 채워지는 맑은 옹달샘
어쩌면 나를 씻어주는 정화(淨化)의
샘물이 아닐까

지난 봄 어느 바람 부는 날에 하염없이
날리던 하얀 산 벚꽃 자취 없고
오늘처럼 촐촐히 비라도 내리는 날이면
걸어보라

야간시내버스

시내버스 탔는데 젊은 여인 하나
냉큼 일어서서 자리를 비워준다
고마웠다.
그러면서도 한 자락
'나도 이렇게 됐구나'
서글펐다
고맙다 인사 하고 앉아 가는데
흔들리며 서 있는 여인에게서
살포시 라일락 꽃내음이 났다
어느 정류장에선가 내리는 여인의
뒷모습이 어둠속으로 총총이 사라져 갔다
문득
지금쯤 오도카니 날 기다리고 있을
나를 따라 세어버린 박꽃 같은 여인 하나
차창에 어리었다

어느 날 결혼식장에서

하객들로 붐비는 시내 결혼 예식장 로비
누가 불쑥 내 이름을 부르며 손을 내밀었다
얼결에 손을 잡았는데 얼굴도 이름도 기억에 없다
나야 중학교 동창
당황하는 내 앞에서 제 이름이며 담임 이름이며
줄줄이 대는데
맞다 희미하게 떠오르는 저 얼굴
중학교를 졸업한 지 60여년이 아니든가
나 역시 그렇지만 그 친구 많이 상했다
검게 그을린데다 골 깊게 파인 주름들이
녹록지 않은 세월을 보낸 듯한데
저 눈
어디서 봤더라 순하디 순한 사슴 같은 눈
그렇지 늘그막 내 아버지의 눈이 저랬었지
평생 남에게 모진 말 한 번 하실 줄 모르셨던
자네 곱게 늙어 가는군
놀리지 마 나 농투성이야 많이 늙었지
진실이야, 친구 잘 가게
돌아서 집에 오는데 그 친구 이름이 뭐였더라
아무러면 어떤가
'사슴 눈' 하나 오래오래 간직하리

까치 소리

이른 아침 창밖에서 까치가 운다
'안녕'
언제나 들어도 반갑다
어린 시절 고향 오두막집
아직도 잠에 취한 내 귓가에
어머니의 귓속말처럼 들려오던 소리
오래전 고향을 떠나온 지금
삭막한 도심의 아파트에서 듣는
까치소리는
그래서 더욱 정겹다. 하기야
정겨운 것 치고 어느 하나인들
어머니를 닮지 않은 것이 어디 있으리

창밖에서 까치가 운다
오늘도 까치소리를 닮은 그 누구인가를
만날 것 같아
설레이는 이 아침

짓다가 만 까치집

까치 두 마리가 나무 우듬지에다
부지런히 집을 짓기 시작하더니
어느 날 돌연 자취를 감추었다.
짓다가 만 까치집이 나무 위에서
휑뎅그레하니 흔들리고 있었는데
오늘 아침
까치 한 마리 그 곳에 찾아와
흔들리며 앉아 있었다.
한동안 먼 곳을 바라보다
"까작 까작" 몇 번 울고는
단호한 몸짓으로 허공을 박차고
사라졌다
무슨 일이 있었던 것일까
저 무언의 사연
내 가슴 한 모서리
아릿해오는 순간이었다

사라진다는 것

사라질 것이다
모두가 그랬듯이 나또한 그러할 것이다
불가해한 형상으로 떠돌다 사라지는
한조각 구름
그때 나는
언제부터인가 보이지 않는
저 군중속의 한사람이었을 뿐

나는 슬퍼하지 않을 것이다
내 탄생의 전제(前提)는 '사라짐'
유한한 존재였음에
존재의 유한함을 알았음으로
영원을 향한 문을 두드렸고
나날은 치열했다

나는 두려워하지 않을 것이다
구름처럼 사라질지라도

어느 날에

계절은 그저
창밖의 풍경화였고

그리 머지 않은
어느 날에

거울 속에 불쑥 나타난
우리들의 세월

아,
벌써 저리 되었나

산책길 단상

공원 산책길 비탈진 나무계단
하나 둘 세며 오르다가 아차차
놓치고 말았다
은방울 새소리며 이슬 먹은 꽃잎이며
잠깐 눈귀 팔린 사이
계단 셈하는 것 깜빡했다
오던 길 뒤돌아보았다
한 칸 한 칸 밟고 온 계단이
한눈에 들어왔다
여기였나 저기였나
계단은 사슬처럼 빈틈없이
이어져 있었지만 보이지 않았다
셈을 놓쳐버린 계단
그렇게 잃어버린 내 인생의 계단도
저 어디에 있으련만

다시 하나 둘
마지막 계단을 향해 오르는
아침 산책길

어느 날 누가 나에게 묻는다면

어느 날 누가 나에게
그동안 어떻게 살아왔느냐고 묻는다면
나는 기꺼이 그에게
들녘에 핀 꽃 한 송이를 보여줄 것이다
아무도 보아주지 않는 이름 모를 들꽃

또다시 그가 나에게
남은 날을 어떻게 살거냐고 묻는다면
나는 숲속의 나무 한 그루를 보여줄 것이다
날다가 지친 작은 새 한 마리 내려와
쉬어가도 좋을 굽은 소나무

어느 날 누가 나에게 이렇게 묻는다면
당신의 인생에서 가장 소중한 것은 무엇이오
나는 망설임 없이 가슴에 손을 얹을 것이다
나 비록 가난해도 누추하지 않은 곳
미움도 사랑으로 꽃피우는 내 영혼의 샘

2018년 그해 여름

서울 낮 기온이 39.6℃. 대구40도 홍천 41.0
한국 기상 관측 111년 만에 최고 기록
한반도가 40℃를 오르내리는 가마 솥 더위
열사병으로 이미 38명이 숨졌다
인간의 무분별한 탄소배출이 폭염의 주범이라고
그 기상전문가는 목청을 높였다

티브이를 켰다 그 곳에서 문건이 막 쏟아져 나온다
박근혜 탄핵 정국에서 기무사가 만들고 실행하려
했다는 계엄령 문건 그 으시시한 내란 음모 문건
양승태 대법원의 기가 막힐 재판 거래 문건
국민들은 이기적이고 법관은 이성적이라고 씌어 진 문건
문건들에서 피어오른 독가스가 가마솥을 데핀다

집에서 가까운 숲을 찾았다
고추잠자리 더위에 지쳤는지 억새풀 위에 내려앉았다
앉아서 빤히 나를 바라보는데 그 생각이 떠올라서는
그 옛날 중학교 생물 선생님이 떠올라서는
곤충채집 숙제를 하던 생각이 나서는 곤충핀에 찔려서는
날개 파르르 떨던 저놈의 잠자리 생각이 나서는
가마솥을 뎁힌다

2018년 그 살인적인 폭염은 분명 자연재해가 아니었다

4부

서러운 컵라면 하나

서러운 컵라면 하나

한국서부발전 태안 화력발전소 일용직
근로자 였던 20대 청년 김용균
4km에 이르는 석탄운송 설비를 점검하던 중
콘베어 벨트에 몸이 끼여 숨졌다
석탄 가루에 범벅이 된 채 온 몸이 찢겨 가는
동안 그의 곁에는 아무도 없었다
그의 소지품이 들어 있는 등가방에서 나온
컵라면 하나

소식에 접한 사람들은 가슴을 쳤다
사람들은 보았다 컵라면 하나에서
일용직 근로자의 검은 석탄가루 같은 삶을
존엄을 상실한 한 비정규직 청년의
비극적 상황을

인간은 살기위해서 먹는가 먹기 위해서 사는가
어리석은 질문이다
용균이 앞에서
밥 한 숟갈의 평등과 사랑과 신성함을
말한다는 것은 낯 두꺼운 일이다

서서 아니면 쪼그리고 앉아서 아니면 석탄가루
풀풀 날리는 땅에 퍽석 주저앉아서
라면의 면발 후루룩 입에 넣을 시간조차도
영영 **빼앗겨버린**
용균이 너의 서러운 컵라면 하나

웃고 있을 뿐이다

무엇이 하나 가슴에서 툭 튕겨져
나가는 것 같다
아무리 붙잡으려 해도 잡히지 않는
그것의 정체를 나는 알고 있다
우리 모두모두 알고 있다
튕겨져 나간 자리는 언제나 휑하다
그 자리가 크면 클수록 더 훼엥하다
나는 자라면서 아버지 어머니로부터
'고독'이라든지 '외로움'이라든지 그런 말을
들은 기억이 한 번도 없다
가난을 숙명처럼 짊어지고 살던 시절
그 말은 어쩌면 사치였는지도 모른다
그러면서도 가끔씩
그분들의 몸에서 풍겨나는
먼 산을 넘어가는 한조각 구름 같은
외로움을 느끼곤 했다
그때마다 그분들이 한 없이 왜소해 지고
안쓰러워지고
얼마나 안아주고 싶었는지

오늘도 무엇 하나 튕겨져 나간 휑한 가슴들
보이지 않을 뿐이다
모두모두 웃고 있을 뿐이다

더러는

더러는
깊은 밤 골목길 저 홀로 외로운
가로등이고 싶다

더러는
솔바람 부는 어느 암자의 추녀 끝에서
뎅그렁 뎅그렁
풍경소리나 되고 싶다

더러는
오장 육부 중 몇 개는 버리고
히죽 히죽
물정 모른 팔푼이라도 되고 싶다

그러다가 더러는
유유상종
못나니들끼리 만나면 서로가 반가와
대포 한 잔에 설움은 눈 녹듯이 하고

이 사람아 이 사람아 그래도 세상은
아직 살만하지 않은가
어깨 다독다독 밤새우고 싶다

낮달

파아란
겨울 하늘 한 모서리
세월은 늙어가도 변함이 없구나
와르르 무너지던 그날
내 가슴
한
조각

나그네

길이어라 산다는 게
보이지 않는 길이어라

오늘도 길을 찾아
길을 떠난 사람들

굽이굽이 이정표는 낯설어
서산마루 노을이 섧다

먼 하늘 두고 온 그리움
밤이면 별을 헤는 사람들

세월이 한 짐
가득이어라

아무리 나이 들어도

정형외과에 가면 환자들 태반이
노인들이다
세월의 무게에 뼈들이 짓눌리다
굽어지고 어긋난 사람들이다
나도 그중 하나가 되어 매일
물리 치료를 받는다
척추 협착증

나는 경미한 축에 들어가
간단한 물리치료를 받고 있지만
대부분은 수술 후 재활치료를 받는
중증 환자들이다

환갑은 지났지 싶은 여인이
재활치료기에 두 다리가 묶인 채
통증에 못 이겨 울고 있다
엄마, 나 아파 나 아파

그 처연한 울음소리에 나도 그만
엄마가 못 견디게 보고 싶어진다

아무리 나이가 들어도
엄마
부르면 언제나 울컥해지는
그 이름

우리는 알고 있다

이 나라 어느 나이 많은 유명 시인께서
상습적으로 성추행을 했다고
어느 젊은 엄마가 술김에 담뱃불로
이불에 불을 붙여 어린 두 딸을 죽게 했다고
어느 전직 대통령 아무개가 도처에 차명으로
땅 투기를 하고 돈을 숨겨놨다고
온 겨레가 분기탱천하여 아우성이요 호들갑이지만

우리는 알고 있다
아주 아득한 날부터 음습한 숲속의 독버섯처럼
인면수심의 파렴치한이 입에 담을 수 없는
잔혹사가 있었다는 것을
서슬 퍼런 법을 만들어 목을 치고
성현들의 말씀으로 고귀한 어록을 만들었어도
독버섯은 사라지지 않는다는 것을

오늘 내가 나를 인간이라고 당당하게
외칠 수 있는 이유
이렇게 호들갑을 떨고 분개할 수 있는 이유
우리는 알고 있다

하얀 눈을 헤집고 올라오는 복수초 꽃잎 마냥
우리들 가슴에 피어 있는 그 일말의 양심

그리고 그리고 우리는 또한 알고 있다
어쩌면 내 안의 보이지 않은 저 깊숙한 곳에
독버섯 하나 웅크리고 있을지도 모른다는

문풍지 우는 소리

어머니
창 밖에는 올 들어 첫눈이 내리고 있습니다
모든 것이 눈 속에 파묻힌 듯 하얀 정적이
흐를 때면 내시간은 자꾸만 뒷걸음질 쳐
어느새 그곳에 가서 멈추곤 합니다
고향 오두막집 일곱살 철부지

문풍지가 웁니다
바람에 실린 싸락눈이 지붕에서 싸르륵 싸르륵
뒤란에서는 걸어놓은 시래기들이 바스락 바스락
등잔불 앞에는 바느질하시는 어머니
불꽃을 바라보는 소년의 눈은 자꾸만
가물거립니다

마실갔다 돌아오신 아버지 토방에서
툭툭 눈 터시는 소리
어제는 밤손님들이 북천리 뒷산까지
내려 왔었다고 그제는 고기리 강부자네
집에서 송아지를 몰아갔다고
머지않아 지리산 공비 토벌이 있을 거라는
소문이 돌고 있다며
낡은 외투주머니에서 알사탕 하나 꺼내어

손에 쥐어주시던 아버지
달콤한 알사탕맛보다도 차가운 두려움이
이불속으로 파고 들었던 긴 겨울밤
문풍지는 밤새 울었습니다

어느 날 어머니 손잡고 구경 갔었지요
장날처럼 사람들로 붐볐습니다
지서 앞마당에는 웃옷이 모두 벗겨진 시체들이
즐비하게 널부러져 있었습니다
어머니 치맛자락을 붙들고 떨리는 가슴으로
나는 보았습니다
분명히 보았습니다
거적대기 위에 뉘인 앳된 얼굴 하나를

어머니
문풍지가 구슬프게 운다는 걸 그날 저녁
처음 알았습니다
그날도 아버지께서 주신 알사탕을
손에 꼭 쥔 채 어둠속에서 내 눈은 지꾸만
젖어들었습니다.

---

* 밤손님 : 6·25 전쟁 때 산 속으로 쫓겨 들어간 인민군, 빨치산들을 일컬었던 은어

달빛

정적이 깔린 깊은 밤 잠 못 이루고 창문을 연다
보름달이 건너편 고층 아파트 난간에 걸려 있다
거대한 가로등이다
도도하게 흐르는 강물처럼 달빛은 넘실거린다
휘이 저으면 푸르스름한 달빛이 묻어날 것 같다
나 어릴 적
이런 밤이었던 것 같다
어머니는 장독대에 정화수 한 그릇 떠놓고
달을 향해 두 손을 모으셨다
어린 눈에도 그 모습은 범접할 수 없는 신성함
간절한 애원이었다
나 철 들면서 어머니는 한이 많으신
분이었음을 알았다
오래전 그 분은 내 곁을 떠나셨지만
달빛은 항상 나에게 그 시절
어머니로 다가온다
한을 지닌 사람들의 가슴을 씻어내는
저 해원解冤의 빛

그 한 때

그 '한 때'
그 한 때의 악몽
세월에 묻혀 다 사라져도 사라지지 않는
설혹 잠깐 잊혀 졌다가도
장롱속의 오래된 옷가지 속에서
때로는
우연히 펼쳐 든 먼지 쌓인 사진첩 한 장에서
불쑥 튀어나온 그 한 때의 실마리.
우리 모두는 어쩌면 하나쯤
그 한 때의 멍에를 짊어지고 산다
모진 풍파에 까만 딱쟁이로 굳은 듯싶다가도
살살 소금을 뿌린 듯 아려오기도 하는
오, 하느님 그래도
그래도는 감사합니다
언제부터인가 그 한때가 때로는 벗이되어
웃음꽃으로 피어나기도 하니까요

꽃밭에 들어가지 마시오

꽃밭이 하나 있었어요
그 꽃밭엔 작은 팻말이 세워져 있었어요
꽃밭에 들어가지 마시오
사람들은 꽃밭 앞에서 걸음을 멈추고
철철이 저리 아름다운 꽃들을 내려주신
하느님께 감사를 드리곤 했지요
개중에는 꽃 한 송이 쓰다듬고 향기도
맡아보고 싶고 아예 꺾어 오고 싶은
사람도 있었지만
꽃밭에 들어가지 마시오.
참았어요 참고 참았지만 어느 나이 많이 든
시인 하나가 유혹을 뿌리치지 못하고 끝내
꽃밭으로 들어 갔어요
경천동지
시인이 어루만진 꽃들은 시들 시들 시들어 갔고
어느 날인가 시인은 흉측한 괴물로 변했어요
꽃 한 송이 시들어 갈 때마다 괴물들이
나타났어요 줄줄이 줄줄이
마침내 사람들은 그 괴물들을 인간 세계에서
추방하고 말았어요

사람들은 꽃밭 앞에다 보다 크고 단단한
팻말을 다시 세웠어요
꽃밭에 들어가면 괴물이 됩니다
내년에는 싱싱하고 아름다운 꽃을 볼수
있을까요
다시는 괴물이 나타나지 않을까요.

저울

감춘 게 너무도 많아 청와대에서
쫓겨나온 박근혜 전 대통령이
이번에는 검찰 조사를 받기위해
대검찰청 계단을 걸어 올라간다
걸음걸음 어찌 무겁지 아니하랴

나는 내 안에 감춘 게 참 많다
아무리 생각해 봐도 남에게
보여줄 것 보다는 감추고 싶은 게
더 많은 것 같다

우리 모두 이것만은 안다
너도 나도 살다보면 어찌
감춰야 할 것들이 한 둘 셋
쌓이지 않을 수 있겠는가
개중에는 관속에까지 품고
가야할 것들도 있으리

박 근혜 전 대통령이 검찰청
깜깜한 문 안으로 사라졌다.

저 안에는 감춰둔 무게를 재는
사람들이 있다
무섭고 신비한 저울이 그 곳에
있단 말을 들었다

하지만 배우지 않았어도
이 세상 제일 무섭고 신비한 저울은
내 안의 양심의 저울이라는 것을
우리 모두는 알고 있다

고독

살다보면 어느 날
늘상 보던 사람이 낯설어질 때가 있다
선뜻 다가 갈 수 없는 거리감
그때 나는
주소를 잃고 되돌아온 엽서 한 장의 추억
끝내 보내지 못하고
손끝에서 조각조각 버려지던 순간의
그 묵직했던 둔통을 느끼는 것이다
사람뿐이랴
늘상 걷던 거리 스치던 풍경들이
생소하게 다가올 때가 있다
그 비현실감
그때 나는 저린 가슴으로
멀찌감치 비켜 서 있어야만 한다

살다보면 그러할 때가 있다
그 무엇에도 위로 받을 수 없는
우리들의 저 깊은 내면의 본향

눈빛을 보라

눈빛 하나가 십년 얼어붙은 가슴을 녹이고
눈빛 하나가 오장을 새까맣게 태울 수 있다
어느 눈빛은 증오의 씨앗을 심어주어
복수의 칼을 갈게 하고
어느 눈빛은 천사의 날개를 달아주어
하늘을 날게 한다
'교언영색(巧言令色)'
얼굴빛은 가식의 미소를 띄우고
세치 혀로는 아첨의 말로
저를 속이고 남을 속일 수 있으나
눈빛 하나 만은 본심을 감출 수 없다
혹여 그가 악마의 제자라 할지라도

눈빛을 보라
엄마는 눈빛으로 아기와 말을 한다

이심전심으로 우리는 들었다

한반도 4월의 봄은 여기 휴전선의 매듭
판문점에도 활짝 피어 있었지
2018년 4월 27일 오후
수행원도 물리고 그곳 도보다리를 걷는 두 사내
대한민국 문재인 대통령과 북한의 김정은 국무위원장
마치 십년지기나 된 것처럼 정다워 보였지
도보다리 끝 원형 테이블을 사이에 두고
마주 앉은 문대통령의 실팍한 뒷 모습과 손짓
김 위원장의 묵직한 얼굴에 번지는 미소
한 편의 무성영화 같은 화면에 가끔씩 들리는
바람소리며 되지빠귀 직박구리 산솔새 지저귀는
소리며 흔들리는 갈대며 푸른 소나무며
하얀 싸리꽃이 한창이었지

들리지 않은 두 사람의 대화 장면을
화면으로 치켜보는 7천만 남북 겨레의 눈
오늘 여기 이 순간은 5천년 내려온 내 땅
내 강산이기에 오롯이 한 핏줄 한 겨레
한 언어이기에
들리지 않아도 어이 듣지 않을 수 있었겠는가

이심전심으로
우리 민족의 운명은 우리가 결정해야지요
아무러문요. 그러티요.

낙화의 계절

꽃잎이 지네
와글와글 꽃구경으로 들끓던 사람들
썰물처럼 빠져나가고
바람 불어 우수수 꽃잎 날리는 날
이 보다 더한 쓸쓸함이 어디 있으랴
눈물도 헤픈 놈이 또 울겠네
지는 세월이 섧다고 울겠네
아니, 아니
오늘은 돌아서야겠네
마지막 꽃 한 잎 자취도 없이
사라질 어느 훗날일까
한 줄 시가 되어 흐르려네

보셨나요

보셨나요
대못 같은 저 탱자나무 가시
보셨나요
하얗고 가녀린 저 탱자나무 꽃
보셨나요
그윽한 향기를 품은 열매
노오란 탁구공을 닮은 탱자
아무리 보아도 어울릴 것 같지 않은
저 부조리의 조합
그래요
세상은 한 지붕 세 가족

살다보니

서산에 해 지고서야 그렇구나
나에게도 오늘이 있었구나.
오백원 에누리하자고 노점상인과 침 튀기며
실랑이할 시간은 있어도
노약자석에 태연히 앉아 핸드폰 자판만
두드리고 있던 그 학생 녀석이 새록새록
괘씸해져 속앓이 할 시간은 있어도
티브이 채널 돌려가며 저 것 좀 봐라 저 넘들 하는
꼬락서니 좀 봐라 불끈 불끈 목에 핏대 세울 시간은 있어도
하늘 한 번 우러를 시간은 없어
저녁밥 우적거리다 콜레스테롤을 비만을 걱정하고
잠자리에 들어서는 통장 잔고를 계산하다 잠을 설치고
영원할 것처럼 이 생명 그럴 것처럼
밤하늘 별 하나 헬 시간도 없어

살다보니
부끄러움도 쇠어 뻔뻔해지고 단단해지고
하늘은 멀고 별은 아득하구나

해설

모정의 샘터에서
일렁이는 달빛 아우라

김동수
(시인, 문학박사, 백제예술대학교 명예교수)

모정의 샘터에서 일렁이는 달빛 아우라

제6시집 『이제는 편지를 써야지』 발간에 부쳐

김동수
(시인, 문학박사, 백제예술대학교 명예교수)

나는 내가 존재하지는 않는 곳에서 생각한다.
I think where I am not
그러므로 나는 내가 생각하지 않는 곳에서 존재한다.
therefore I am where I do not think

프랑스의 시인 라캉의 말이다. 우리네 삶도, 김수화 시인의 삶
도 그렇다. 우리가 생각(think)하고 있는 삶과 실제로 이루어지
고 있는 자신의 삶(Real life)과는 불일치한다는 비극적인 현실을

표현한 말이다. 바로 이 숙명적인 괴리의 간극을 극복하기 위해 우리는 오늘의 삶을 지난날의 회억과 접목시켜 그 날의 생각을 명료하게 떠올리며 그것과의 화해를 시도하게 된다.

김수화 시인은 전북 남원 출신이다. 전주사범학교를 졸업하고, 경북에서 1년간 교편을 잡다 군복무를 마치고, 다시 전북대 국문과를 졸업, 이후 40여 년간 중고등학교에서 봉직하다 2006년 교장으로 퇴임하였다.

2002년 월간『문예사조』에서「내 영혼은」외 5편으로 등단, 전북문협, 전북가톨릭 문우회, 두리문학회(회장) 등에서 활동하며, 시집『마음 졸이며 살며』(2003), 『조그마한 몸짓으로』(2008) 등 5권을 발간하고 최근 제 6시집『이제는 편지를 써 야지』를 상재하였다.

그의 시는 무의식의 내면에 자리하고 있던 과거의 체험, 특히 어린 시절 어머니에 대한 그리움으로부터 발원하여 주객 분리에서 오는 실존적 외로움의 심상을 간결한 율조에 담아 절대의 세계를 지향하는 순백의 서정시를 쓰고 있다.

저 깊은 곳
어디에선가
들려오는 소리 하나 있어

매일 밤 내 육신에
바늘구멍 하나씩 뚫어놓고 가는
소리 있어

황소바람 추운 이 계절에도

차라리 나는
산골짝 사시나무가 되어
떨다가

달빛 묻은 빈 가지로
기도하리라

– 「내 영혼은 」 전문, 2002

'영혼의 소리'를 찾아 나선 순례자의 모습이다. 그것은 현상적
자아가 본래적 자아를 찾아 나선 영육일체의 세계, 혹은 개체적
존재로서의 자기 정체성을 찾아 나선 자기 회복과 치유의 길이
기도 하다. 일찍이 노천명이 '어찌할 수 없는 향수에/ 슬픈 모가
지를 하고/ 먼 데 산을 쳐다 보듯' 김수화 시인도 '어디에선가/
들려오는 소리'에 잠 못 드는 영혼 하나가 '달빛 묻은 빈 가지로/
기도하는' 수도자의 모습을 보이고 있다.

하늘이 파르르 떨리는 듯해
깜짝 놀라 큰 눈을 하고 보니
하얗게 눈 덮인 청솔가지 위에서
산 새 몇 마리 푸드득 허공을 가른다

그득히 고여 있던 정적이 일시에 출렁이며
여기저기서 나무들이 툭툭 눈을 턴다

겨울 숲에 번지는 이 청정한 파도
속된 인간을 거부하는 조그마한 몸짓들이었을까

나도 턴다
내 머리 팔 다리에 내려앉은 눈을 털다가
털어낼 눈도 없는데 연신 턴다.
조그마한 몸짓으로

－「조그마한 몸짓」 전문, 2008

화자는 어느새 산 속의 나무들과 하나가 되어 눈(雪)을 털고 있
다. 청솔가지 위에 나와?있는 산새들과도 하나가 되어 눈 속에
묻혀 연신 몸을 털고 있다. 털고 털면서 그들과 하나가 되는 순
수 본질의 나로 되돌아가는 물화지경의 모습이다. 인위(人爲)을
털고 속기(俗氣)를 털어내면서 청정무구를 지향하는 심미적 고
요가 털고 터는 조그마한 몸짓의 역동 구조 속에서 고적미를 더
하게 된다.

이맘 때 쯤이면
한적한 어느 골목
때로는

서늘한 그늘 속에 묻힌 古宅의 돌담 옆에서
문득 발길 멈추고 두리번거리는
아
꽃잎처럼 스치는 그 목소리

– 「환청」 전문, 2014

앞의 시 「내 영혼은」에서 보이던 그 '영혼의 목소리'가 여전히 그
곁을 떠나지 못하고 있다. '발길 멈추고 두리번거리는 / 아 / 꽃
잎처럼 스치는 그 목소리'가 그것이다. 무엇이 이토록 그를 간
절하게 따라다니고 있을까? 무엇이 이토록 돌담길을 가다가도
발길 멈추고 두리번거리게 하는 것일까? 그게 아마도 김수화
시인의 가슴 한켠에 아직도 남아 있던 기억의 잔재와 그에 대한
현재적 응시가 접목되는 순간의 에스프리, 곧 영적 교감의 순
간이 아닌가 한다.
시인과 결코 분리될 수 없는 그의 영혼의 고향에는 언제나 '어
머니'가 있고 그 배경에는 '푸르스름한 달빛'이 그리움의 샘가에
서 출렁이고 있다. 무엇이 아직도 그 안에서 살아 출렁이고 있
는지? 그것은 그의 제 4시집(「들꽃 같은 사람들」) 머리말에서도
언급한 '버리고 싶지 않은 소리들, 때로는 잊고 싶어도 잊혀 지
지 않는 소리들'과도 다르지 않는, 영적 교감, 곧 영교(靈交)의
시간이 아닌가 한다.

나 어릴 적
어머니는 장독대에 정화수 한 그릇 떠 놓고
달을 향해 두 손을 모으셨다
어린 눈에도 그 모습은 범접할 수 없는
간절한 애원이었다.

- 「달빛」에서, 2019

그런 밤이면 '도도하게 흐르는 강물처럼 달빛이 넘실거렸다.' '휘이 휘이 저으면 푸르스름한 달빛이 묻어날 것 같다'고 하였다. 이런 달밤, '정화수 한 그릇 떠 놓고/ 달을 향해' 간절히 비손하는 '어머니와 달빛'이 그의 가슴 한켠에 인화되어 이후 김수화 시의 파토스적 모티브가 된다. 이처럼 김수화의 서정시는 잃어버린 낙원과 현실 사이를 이어주는 시적 공간에 '어머니(「달빛」)와 그 주변에 내리는 푸르스름한 달빛'이 자주 등장하곤 한다.

시인은 파편화 되고 분열된 세계에서 자신을 찾으려 한적한 곳으로 간다. 번잡하고 문명화된 도심의 불빛이 아니라 그의 기억에 남아 있는 추억의 변방, 그 한적한 곳에 그의 시가 살고 있다. 모든 사물이 명징하게 드러나는 태양의 대낮이 아니라 태양이 지고 난 뒤에 오는 고요한 어둠 속 달빛, 그 고요의 텃밭에서 시를 경작한다. '산골짝(「내 영혼은」)', '겨울 숲(「조그마한 몸짓」), '한적한 골목(「환청」), '뒤란(「문풍지 우는 소리」) 등의 시적 공간이 그것이다.

어머니
창 밖에는 올 들어 첫눈이 내리고 있습니다
모든 것이 눈 속에 파묻힌 듯 하얀 정적이
자꾸만 뒷걸음쳐
어느새 그곳에 멈추곤 합니다

문풍지가 웁니다
바람에 실린 싸락눈이 지붕에서
싸르륵 싸르륵
뒤란에서는 걸어 놓은 시래기들이
바스락 바스락
등잔불 앞에서 바느질하시는 어머니

-중략-

어제는 밤손님들이 북천리 뒷산까지
내려 왔었다고/ -중략-
차가운 두려움이
이불속으로 파고 들었던 긴 겨울밤

-「문풍지 우는 소리」에서, 2019

창 밖에 내리는 눈(雪)을 통해 시인과 어머니가 그 옛날 시골 고
향집으로 돌아가 하나로 승화된 정경교융(情景交融) 격정의 순

간을 맞고 있다. 그것은 과거와 현재, 주와 객, 색(色)과 공(空), 이 두 세계가 시공을 초월하여 하나로 융합된 순수 직관의 시간이다.

시에서의 현재는 이처럼 '과거'의 기억과 마주한 특정 장소, 특정 시간, 특정 사람과 그것에 대한 기억들과 상관되어 있다. 그러기에 이 시에서도 '첫눈'이 오는 밤 추녀 끝 '시래기들의 바스락 거리는 소리'와 '등잔불 앞에서 바느질 하시는 어머니의 모습'이 '문풍지 울음'과 연결되어, 정서와 사상이 하나로 승화된 '순간 속의 영원', 곧 심미적 · 선적 순간에 이르게 된다. 그는 이렇게 아직도 눈 내리는 밤이 오면 '이불 속으로 파고 들었던 긴 겨울밤'의 극적 순간을 맞곤 한다.

내 말은 아직 끝나지 않았다.
세상에 태어나 걸음마를 떼기도 전에 배웠던
어, 엄마

내 사랑은 아직 끝나지 않았다
여전히 몇 동이 퍼낼 옹달샘이
가슴 어디에선가
설레 일 때마다 출렁이기에
-중략-
내 그리움은 아직도 끝나지 않았다

―「나는 아직 끝나지 않았다」에서, 2019

잊혀 지지 않는 그리움들이 있어 '밤이면 별을 보고 달을 본다'고 한다. '이 암울한 세상에서/ 무너질 듯 무너질 듯/ 무너지지 않고/ 예까지 와/ 아직은 꺼지지 않은/ 내 안의 등대'(「등대」)가 아직도 그를 설레게 하고 있다고 한다.

이러한 심상은 그의 다른 시에서도 '지나가는 바람결에/ 나뭇잎이 되어 잠을 깨 뒤척이는 밤'(「가슴이여」)으로 이어지면서, 꽃잎이 날리고 빗물이 흘러도 흘러가는 세월 속에서 그게 아직도 피었다 지고 내렸다 흐르고 있다고 한다. 이게 그의 사랑과 그리움 그리고 그의 시의 원천이다.

김수화의 시들은 위에서처럼 과거의 체험과 긴밀하게 연결되어 그의 모든 정신 활동뿐만 아니라 행동에까지도 관여, 그의 시창작의 바탕이 된다. 무의식의 심연에 웅크리고 있던 격정적 자아들을 의식의 세계로 끌어내 세상과의 화해를 시도하면서 자기 초월적 절대의 영지에서 본래의 나—다움(me-ness)을 되찾아 가고 있다. 여기에 그의 시가 있고 그리움이 있다.

이제는 편지를 써야지

김수화 지음

발 행 처 · 도서출판 청어
발 행 인 · 이영철
영   업 · 이동호
홍   보 · 이용희
기   획 · 천성래
편   집 · 방세화
디 자 인 · 이해니 | 이수빈
제작이사 · 공병한
인   쇄 · 두리터

등   록 · 1999년 5월 3일
(제1999-00063호)

1판 1쇄 인쇄 · 2019년 5월 10일
1판 1쇄 발행 · 2019년 5월 22일

주소 · 서울특별시 서초구 남부순환로 364길 8-15 동일빌딩 2층
대표전화 · 02-586-0477
팩시밀리 · 0303-0942-0478

홈페이지 · www.chungeobook.com
E-mail · ppi20@hanmail.net
ISBN · 979-11-5860-644-2(03810)

이 도서의 국립중앙도서관 출판시도서목록(CIP)은 서지정보유통지원시스템 홈페이지
(http://seoji.nl.go.kr)와 국가자료공동목록시스템(http://www.nl.go.kr/kolisnet)
에서 이용하실 수 있습니다.(CIP제어번호: CIP2019017511)